KB071179

청어詩人選 197

여정

김정희 시집

시인의 말

작은 풀씨 하나가

작은 풀씨 바람에 떠돌다 떠돌다
내려앉은 자리
싹을 틔워 세상을 열어
비바람 함께 꽃이 되었습니다.
가끔 쳐다봐 주는 사람 있어
꽃은 이름을 달았습니다.

오늘 어쩌다 마주친
그대의 소중한 마음자리에도
살짝 머물다 가는 행운을
소망해 봅니다.

오래 전 삶의 화두로 다가온 시 한 편
그 의문이 시심되어 작은 묶음으로
이제 풀어놓습니다.

2019년 여름
김정희

차례

2부 골무

3부 저녁 예불

4부 겨울 연못

1부

숯가마에서

숯가마에서

메아리도 잠을 자는 골짜기
세월을 온몸으로 털어내는
굴참나무 바라보니
내 찾아야 할 가슴에 말은
길을 잃는다

나는 보았다
쭉쭉 뻗어 키워 온 사랑
푸른 하늘 가슴에 안고
겹겹이 쌓인 세월의 아픔도
한낱 욕망이었음을

굴뚝을 타고 도는 연갈색 연기는
물결무늬를 그리며
숯으로 익어가는 그대의 삶을 위하여
춤을 추는데
묵언의 회한 같은 세월을 안고
너는 심홍의 꽃으로
뜨겁게 뜨겁게 죽는다

오늘
얼룩진 눈가의 주름살 곁에
그대의 올곧은 사랑만이
하얗게 하얗게
온몸으로 피워낼 참 숯덩이로
익어가고 있다

밤비로 오는 그대

잠은 살그머니 자리를 비워두고
자정을 넘나들어
길 위에 있다

보이지 않는 얼굴
빗물 되어 젖어 올까
허리 낮추어 기다렸던 많은 날
온다는 기약도 없었지만
행여나 행여나 하는 마음으로
창을 열면 먼 산 속에 번져오던
그 믿음의 손짓들

이제 너의 발소리 조용조용
어둠의 음계를 밟고
먼 봇도랑 돌아오니
내 갈라진 긴 기다림의 논바닥
스멀스멀 아물어 내겠지

그대 내딛는 발끝마다
빠알간 새살 돋는 새 날의 향기
나는 더 낮게 엎드려
물길을 내며
너를 안으리

박꽃

동 트는 아침
멀리 돌아오고
풀 먹인 모시옷
채마밭 울타리에
줄줄이 널려
어둠을 깨워 나가며
낮은 초가 어깨 위에
하얗게 웃고 있던 그 모습

붉은 화원 비켜왔을 이곳에서
너를 만난다

티 없이 맑은 얼굴
묻어둔 채 끌고 온
서로의 시간들
가만히 돌아보며
흙 묻은 너의 손
잡고 싶지만

너를 안은 야산자락
고운 매무새
한 소절 바람으로
돌아 볼 수 없다고
열려있는 나의 창가에
손사래로 흔들린다
끝내 둥근 꿈 하나 찍어놓고
하얀 낮달로 가고마는
너의 길

망초꽃 웃음

마음을 데워주던 아늑한 저녁연기
보이지 않고
식어버린 굴뚝마저 입 다문 채 무너져 내려
추억의 개울가엔 물이 마르고
이끼 낀 기와조각, 금간 항아리엔
앙금 같은 빗물만 고여 있다

골목 흙벽에 그림자 새기며 손가락 걸던
까까머리 어린 동무들의 웃음소리가
낡은 전봇대 끝 어디선가
윙- 윙 바람소리로 들린다

장작을 패던 아버지 팔뚝으로
첫눈이 녹아나면
처마 밑 메주덩이 천천히 익어가던
그 날들이
낙숫물 자국처럼 줄서서 모여 있는데

길은 길을 만나서 이제나 저제나
먼 산을 돌아
앙증한 젖니 같은 내 어린날도
유월의 키 작은 망초꽃으로 피어
세월을 돌아보며 하얗게 웃고 있네

파래소 폭포

떨어지는 것이
어디
물 뿐이랴

세월에 묻혔던
빛나는 꿈 조각의
파편들
그 속에 떨어지고 있다

유월의 햇살 같은 우리들의
약속
서늘한 심연으로 묻히고 나면
무지개로 뜬 현기증마저
무너져 내리고
잠시 오색물살은 저 혼자 별이 된다

떨어지는 것이
어디
물 뿐이랴

과수원

이제
그 아이
철이 들었나 보다
수군거렸다

탱자나무 울타리 안으로
몸서리치는 땡볕의 회초리에
여린 꽃잎 같은 눈물 떨구며
참았던 보람
가슴으로 들린다

울타리 밖의 세상을 꿈꿀 때
돌팔매의 과녁이 되었던
그 날들

비바람에 젖고 흔들리어
굳은살 못이 박힌
어머니의 열 손가락에
햇살 같은 자식들의
웃음 열었다

봄눈

채전밭 봄동이 놀라고 있다
시간의 약속이 어긋나고
하늘이 하얗고 땅이 하얗다
주춤거리다 뛰어다니는 똥강아지
새 세상을 만났다

천상의 바람도 분분히 꽃잎으로 변해
마음의 빗장을 풀어 놓으니
봄동이 서서히 봄똥이 되어
어느 작은 밥상위에
푸른 얘기로 놓여있겠다

첫사랑 입김같이 하얀 채전밭 이불 밑
훈풍의 뭇 지렁이 온밤을
뒤척이고 있다

강, 떠나가는 얼굴

가끔 언저리 배회하던 들을 지나서
물은 말없이 꽃씨를 품었다

사랑한다는 그 언약들이
물살에 섞여 쉬엄쉬엄 방천 너머로
휘어질 때도
물은 의연한 자세로 속살을 숨기며
안으로 안으로 소리를 죽여
그저 말없이 흘러만 갔다

흐르는 시간 안에서
뜨거운 햇살 껴안고
찬바람 막고 또 막으며
피워낸 꽃의 웃음들

그리움은 언제나 물결과 같이
애절함에 젖어서
흘러가는 그 얼굴들

물은 그렇게 울고만 섰다
서걱서걱 노을과 함께

봄날에

봄날에는
만개한 배꽃같이 웃고 싶다
헐어빠진 입속 열어
소금 같은 새살 채우며
목젖이 보이도록 웃고 싶다

봄날에는
소리 없이 떠나고 싶다
이끼 낀 돌 틈에도 입 맞추며
깊은 잠 깨우는 바람으로
떠나고 싶다

봄날에는 가을을 향한 노래
흘려 보내지 않고
한 뼘의 묵은 땅에라도
작은 사랑하나 심어 놓고 싶다

하지만 봄날은
뜯어놓은 약봉지의
하얀 알약처럼
망설임으로 가득하다

어느 봄날

바람은 봉창너머
물결로 일렁이는
보리밭에서 놀았다
하늘로 솟구치는 어린날개
종다리 데리고

푸른 바람에 눈을 씻고
하늘 가득 내려놓은 우리엄마
깃발도 없이 펄럭이는 몸살 떨치고
밭두렁에 앉았다

입 큰 싸리 소쿠리에 날아드는
여린 봄나물
엄마 손은 떨리고
알 수 없는 곡조로 풀어내는
혼자 이야기
오래 오래 흥얼거렸다

해거름 흙발로 달려오는 아이들
받아줄 가슴
꺼지지 않는 불씨 되어
아궁이 앞에 앉으면
아버지 나뭇짐 속에 묻어온
그 날의 진달래
부뚜막 흙벽에 기대어
활활 타고 있었다

꽃잎, 어디로 가고

출렁거리던 축제의 날 지나고
길 위로 흐르던 발자국들
하나 둘 지워져가는 해거름
가속페달 여리게 힘 풀리고
굽은 길 흔들리며 어디로 가고 있다

바람도 흔들리는가 열린 차창으로
꽃잎 몇 개 날아들었다

만져보면 일그러질 엷은 분홍
차마 손 내밀지 못하고
페달 위에 발만 동동거린다

누구에게나 꽃이었을까, 눈부신 이름
눈높이에서 눈 맞추고 싶었던 이름
한 동안 심장을 적시고 살아온 이름 하나
저 차가운 바닥 밀어내고
좁은 나의 공간에서 혼을 놓는다

눈은 자꾸 그 이름 부르고
시들지 못하는 봄날의 저녁은
끙끙 소리 감춘 채 어디로 가고 있다

풍경

집에서 키우던 돼지 몇 마리
낡은 트럭에 실려 어디로 가는데
나는 그 뒤를 한동안 따라가다
엇갈린 길에서 헤어지고 말았다
그 몸이 어디로 갔을까

네 발로 버틴 채 낯선 풍경에 흔들리며
어디론가 어디론가
봄바람 속에 실려 가던 그 몸
생각하다
내 몸 내려다본다

네 발과 두 발
버티기는 마찬가지다

만신창이 막 버스에서 이리저리 흔들리며
실려 가는 오늘이라는 이 풍경

2부

골무

골무

찻장 속 백자 주전자
물 내림 꼭지 감싸 쥔 골무
어머니를 만난다
할 일 없어 반짇고리에서 나왔는가 했는데
어느새 일 찾아 웃고 계시네요

한 때 아픈 손가락이었던 하나 딸
색깔 곱게 골무 만들어 내 놓던 어머니
만져본다 바늘 귀 닿는 곳
무명실 뱅뱅 감아 야물게도 기웠네요
어떤 어려움도 이겨내라 이겨내라
힘줄 돋아 있네요

하루 해 다 하도록 속울음 삼키며
한 땀 한 땀 바늘 찔렸을 어머니

오늘에야 더듬더듬 상처 아문 이 자리
가만가만 만져보는 손
어느덧 햇살은 기울어 창밖에 머문다

아직은 한 땀 한 땀 뜨고 기우며
가야할 여정 남았음에
안도하듯 속죄하듯 마음을 공그르며
백자 빈속에 마음을 담아
차 한 잔 올립니다

하얀 고무신

창가에 놓여있는 잎 떨어진
영산홍 분(盆)에 기대어
물기를 말리는 하얀 고무신

지난 여름 비 맞으며
아버지 꽃상여 뒤를
따라갔던 코 없는 고무신
가고 없는 세월이 하얗게 담겨 있다

삼간 집 마루 밑 대들보 받쳐주던
기둥에 기댄 채 하얗게 기다리던
십문 팔 그 웃음
한 뼘도 안 되는 흙발에 끌려 다니며
눈물처럼 깔깔대고
환희처럼 칭얼대던 그날의
그 논두길 자꾸 눈에 고인다

양팔 가득 새참 주전자 들고
더듬더듬 가다보면
아버지보다 먼저 보이던 자국 자국들
논두렁 한쪽 가지런히 놓여있던
허기진 아버지의 웃음들

그날 노을에 실려 떠나가신 저 산길 너머
철렁철렁 내 유년의 바람을 타고
영산홍 한 송이로 피어나는
당신의 논길

시린 발로 걸어가면
이른 저녁 어스름 기억 속에
아직도 산모롱이 돌아
삐죽이 고개를 내미는 아버지
아버지, 그리운 얼굴

어찌 할까요

살아온 날 일백년 돌아
다시 아이로 온
어머니 곁에 누워보니
머리 쓰다듬어 주시며
몇 살이냐고 물어 오신다

다섯, 여섯 살이라고 할까
환갑이 지났다고 할까
어머니 날 낳으신
서른아홉 봄날이라고 할까

본인이 먹은 햇수
간곳 모르고
덤으로 얻은 선물 풀지 못하는
어머니 나의 어머니

난초꽃

이 감추고 웃으시는 어머니
언제나 숨어서 향기를 보내는
단아한 모습

마주치지 않는 눈길에도
고개 숙이고
언 땅 속에서 찬 몸 뒤척여
달밤에 머리 빗으시고
조용히 문을 여는 그 얼굴

달빛도 다가서지 못할 그 자태

가시덤불 밑에서도
폭풍의 안개 속에서도
몸을 낮추어 소리 감추어 온
곱고 흰 어머니
인내의 그 속살

꽃가루

봄꽃이 어디 피었던가
눈에 들어온 꽃가루
점안 액 한 방울 만나려는데
고개 돌려 쳐다본 티브이 화면
그 속에 눈이 말똥말똥한 동박새 한 마리
붉은 동백꽃 속을 제집인 양
들락거리고 있다

겨울은 길었고 둥지는 허물어져
조마조마 지켜온 어머니 오래된 몸 곁에
박새 가고 없다고
꽃가루보다 먼저 날아 온 이날
종일 비가 내렸다

가지 덮은 푸른 잎 사이로 동백은
철 따라 꽃 피워대지만
우리 엄니 한 평생 온몸 익고 익어
검붉은 저승꽃 한 바탕인데
눈먼 동박새 한 마리 없어
꽃가루 날지 않는 하늘에 빗물만 가득하다

언젠가 동백꽃 통째로
툭 떨어진 검붉은 눈물의 땅
그 위를 날아갈 동박새는
티브이 속에만 있다

징

경주 문화 엑스포장
큰 마당 한 가운데
밀양 백중놀이 한바탕 벌어지고
그 속에 아버지 징을 치며
빙빙 돌고 있었다

머리에 흰 수건 질끈 동여매고
삼베 등지기 걸친 아버지는
잎담배 반 봉지 털어 넣은 주머니 차고
짚신 발 겅중겅중 신명도 났다

징 채를 돌리던 팔이
나를 보고 그냥 간다
나를 보지 못한 아버지
내가 불러보지 못한 아버지
어디에서 온 눈물일까,
내 소매 한 자락을 적시고 간다

칠월하고도 중순 망혼제가 끝나면
억센 남정네들에 섞여 징을 울리며
꽹과리 앞세우고
동네 한 바퀴 돌아오는 동안
삼복의 쩔쩔 끓던 무논도 식어가고
나락 잎에 실긋거려 아려오던 팔뚝에
새 살이 차고
등 굽은 몸으로 솟아나 톡톡 쏘던 땀띠도
하얗게 허물로 돌아갔다

그 날 경주에서 울산까지 달리는 차창 밖으로
어둠 속에 스쳐가던 허연 옷자락
이승의 마지막 인사를 풍년가에 담아두고
다 가고 없는 빈 마당 한쪽
징징 가슴 울리며 심금을 쏟아놓던
아버지 아버지
아– 그 징소리

새 한 마리

어머니 계셨던 빈집 뜰
가시 많은 엄나무 아래
복수초 노오란 꽃 예쁘게도 피어있다
아직 녹지 않은 잔설 털어내는
잎사귀의 푸른 몸짓에
나직이 불러본다
엄– 마–

다들 어디론가 하나 둘 떠나고
혼자서 흔들리는 여린 가지
어디서 구해 심었을까

우리가 꽃이었던 때도 있었던가
가시달린 엄나무가 엄니였던가
아직 새순은 꿈적도 않는데
쌉싸름한 그 맛
입안에서 자꾸 엄니 말로 들려온다

아 바람도 그랬을까,
다 알고 있다는 듯 이름 모를 새 한 마리
빈 빨랫줄에 앉았다 날아간다
후–

벌초

세월의 손 때 묻은 낫자루 쥐고 보니
들려옵니다. 생전 아버지 말씀
처서 말복 지나면 덤불 밑이 맑아 온다고
하시던 말씀

아버지 떠나시고
오늘 철 지난 아버지 무덤가에서
한철 무성히 자란 잡풀을 베면서
인연의 시든 풀들도 걷어냅니다

퍼렇게 물든 손가락
그 사이로 떨어지는 땀방울 방울
아직 내 곁에 머물고 있는
묵묵한 아버지의 온기
바람도 비켜갑니다

한 잎 두 잎 풀들이 쓰러지고
내 마음의 잡풀도 쓰러지면
어느새 또 들려옵니다
얘야, 무디어진 낫으로는 조심해야지
인연의 뿌리 다치지 않게
하시던 말씀

묘제

어젯밤 내린 된서리에
산비탈 들국화 고개를 꺾고
골짜기 개암도 시커멓게 멍이 들었다
낮은 봉분 저만치
갈까마귀 울음 휘감고 가면
산굽이 돌아 바람 으스스 안겨 오네요

청주 일배 받쳐 든 손 떨리고
나직이 불러보는 아버지
무심한 구름 속에 그 모습 흘러갑니다

오고가는 길이 멀어 산이 되었나요
늘 저 곳에 있어 바라보던 산
오늘 안온한 그 그림자에 안겨 봅니다

둘러앉은 이름들만큼
빈 잔으로 채워지는 아버지의 온기
온 산을 적시고
석양을 향해 흘러가는 능선에
가을도 황망히 노을이 된 손 시린 나무들
빠알간 까치밥만 남아
눈물처럼 서럽습니다

약수터로 오르며

어머니 가슴 더듬던 나의 손
허전했습니다
머리 위 또아리 받쳐
동이동이 퍼 담아 오던
새벽꿈은 꿈이 아니었습니다

희미한 문살 밖으로
어둠을 헤집고 달려온
맑은 물 한 그릇
큰 장독 위로 올려놓던
어머니 떨리던 손길
내 맑은 눈으로 그윽이
들여다보는 일
그렇게 어려웠습니다

약수같이 다디단
어머니 가슴
그 깊은 곳은 이렇게
산으로 둘러 싸였습니다

비탈진 오르막에 걸린
버거운 숨소리
어린 나무들 듣지 못합니다만
내가 들고 가는 이 작은 통 하나에
그 날의 어머니 마음
담아 올 수 있을까요

산은 산대로
길은 길대로
어머니에게 가는 길은 이렇게 멉니다

"판자촌" 그림 속에는
– 박수근 그림 전시회에서

나뭇가지에 나무집이 걸려 있다
별보다 먼저 떠서 먼저 지는
갈퀴손 가지 끝마다
실핏줄이 푸르다

한 줌 허리로 동여맨
포데기 속 아이가
등짝에 붙어 까르르 앞서가고
까까머리 물지게 소리
삐거덕 거릴 때마다
비탈길 넘치는 물
햇살로 뛴다

살아가는 모습
검정 고무신에 흘린
막걸리 자국같이 눈 밖에 서 있어도
바람은 훌쩍훌쩍
나뭇가지 야윈 몸을 더듬다가고
밤마다 별들은 빈 땅에 몸을 기댄다

저기 잔잔히 흔들리는 호롱불빛 아래
무딘 바늘 머리에 쓱쓱 문지르며
구멍 난 발가락 깁고 계시는
우리 어머니

몸짓

되살아난 기억은
저 만큼 높은 자리로
둥지를 마련했던
새떼들의 몸짓에서다

잎이 져버린 가지
떠나버린 새끼들의 날개 뒤로
까맣게 흔들리는 추억 하나
걸어 놓고 갔다

뭇별이 뜨고 지던 그 자리에
오늘처럼 수북이 눈이 쌓이면
이방의 먼 길을 돌아
휘적휘적 걸어오시던 아버지
기억의 바람 속에 서 있다

새떼처럼 흔들리며
바람처럼 출렁이며
햇살 가득한 빈 둥지 위에

3부

저녁 예불

아무도 모른다

지팡이 내려놓고
길가 풀섶에 털썩 주저앉은 어머니 곁에
방아깨비 한 마리 훌쩍 달아난다
어머니 걸음보다 빠르게 달아난 그는
잡은 어머니 손 풀어지는 걸 알고 있었네

발 빠르지 못하여 작은 손에서
날개를 접고 방아만 찧으며 살았던 몸짓
아픔인줄 아무도 모른다
긴 다리 풀에 얽혀 파르르
날개 떨던 몸
벗을 수 없었던 일상의 무게
아침이면 다리 하나 떼어놓고
절뚝 절뚝 날아간 세상
아무도 모른다

몇 생을 걸어 돌아 돌아 왔는지
풀잎만 흔들린다 걸음마다

당신의 나무 지팡이
길바닥이 차갑다

저녁 예불

먼 길 걸어와 참석한
설악산 봉정암 저녁예불
삐죽이 열린 법당 문 위로
열하루 상현달 오롯이 걸려있다

부처님 상호(相好)도 없고
스님의 염불소리도 없고
좌정한 건
내 몸뚱인가 마음인가
무겁게 법당 문 위로 함께 걸려
오도가도 못하고
오월의 바람소리만 끙끙
소리를 낸다

걸어 온 몸
걸어가는 몸
문 밖의 달
문 안의 달

하나인 듯 둘인 듯
달빛의 법문이 되어
마음에 죽비를 친다

법화사* 다녀오는 길

노란 밀감밭 사이 작은 길가
충혼비 아래
비탈진 빈 밭에 콩이삭 있다고
꿩 한 마리 푸드득
가르쳐 주며 날아간다

법복 주머니에
벌레 먹은 콩알 몇 개 줍다가
콩깍지째 뜯어 열어보니
지난 여름 태풍에 쓰러진 후
여물지 못한 콩알들
죽은 듯 누워있다

마른 콩깍지
서방정토가 여기라고
입 다물고 있는데
콩 없는 빈 콩밭에
까투리 한 마리 쓸쓸히 걸어가며
금강경 한 구절을
콩알 속에 쪼아낸다

---

* 법화사 : 서귀포시 하원동에 있는 사찰

그곳에 가면

두터운 외투 속으로
놓아버리지 못한 걱정 하나 껴안고
그곳으로 달려간다
앙상한 바람나무 헤치고
골짜기마다 길게 누운 산그늘 지나면
좁다란 길 하나 탯줄을 연다

몇 겁(劫)을 지나 얻는 내 연(緣)의
발자취인가

삶을 꿰어가는 힘겨운 숨소리
오르고 싶은 만큼 무겁게 감겨오는 발걸음
구름속인 듯 풍랑속인 듯
돌계단 난간 말없이 나를 붙잡아 세우니
구석구석 낙엽으로 쌓여있는
겹겹의 업장 물기를 털며 일어선다

그대도 없는 높은 곳에서
데리고 온 걱정 하나가
이 몸뚱이로 가득 차 있으니
나무아미타불

천불동* 사랑

시월에
설악의 깊은 골은
오색구름으로 가득하다

좁은 길 따라 하늘이 열리어
쏟아 부은 햇살에
바위마다 색색의 꽃이 피고
나무의 얼굴에는 웃음뿐이다

걸음, 걸음마다 돌아볼 수 없는
짐의 무게마저
음계의 화음이 된다

맨발의 성자들도 그 높은 곳을 내려와
산을 등지고 앞서 갔으리

시원을 알 수 없는
비경의 비탈을 따라
오르락내리락 걸어온 산등 아래
붉은 단풍 한 자락 펼쳐지니
여린 가슴 꺼내어 천불(千佛)의 집을 짓고
화엄경 한 구절 산자락에 펼쳐든다

찰나인지 억겁인지 알 수 없는 시간 속에
발아래 구름들은
스스로 물이 되어
하늘을 담고 돌을 적시며
무변의 길을 따라
아래로 아래로 흘러만 간다

---

*천불동 : 설악산에 있는 계곡

길 위에서

사람들이 뜸한 울산교 끝자락 강둑길에 서서
산속 암자로 가는 버스를 기다린다
차머리 보이지 않고
눈이 자꾸 강으로 내려간다
강물이 살짝 얼었다 녹았는지
그 위로 몇 마리 철새들 서성이다 손잡고 있다

두껍지 않은 아침햇살이 물을 건너서
머리카락 희끗한 중년의 남자를 태운
자전거 바퀴에서 헛걸음질을 친다

부산 대구 서울행 버스가 지나가고
암자로 가는 차는 오지 않는다

안경을 벗어 닦아본다
렌즈 안에 새들도 길을 잃는다

순례객

그곳에는
초청하지 않은 손님들이 참으로 많았다
멀리서 본 탑 꼭대기는 없고
주인도 없는 보리수 나무 아래
온몸을 무한히 낮추며
스스로 바닥이 되려한다

주인은 어디 있는지

새들의 독경소리에 큰 나무 이파리 떨리고
네란자라 강물 맨발로 먼 길 흘러왔듯
또 흘러간다

어디로 가는 걸까
황금 꽃송이 하나
물 위에 얹혀 멀어진다

나무의 기도

밤새 내린 비
얼어터진 이 몸 혹한의 가슴을
치고 갑니다

참혹하게 흔들리던 가지의 아픔
불면의 시린 밤을
묵언으로 기도하며
흐느끼던 시간위로
새 날은 새떼처럼
물 오른 아침을 열고 올 것이기에

손 마디마디가 얼어붙던
마른가지 곁에서 지새우던
어둡고 긴 그 밤도
천금처럼 껴안으며
언 강을 건너 다시 올 그 시간을
기다렸습니다

둥– 둥 법고를 치듯
법문을 외듯
목어의 가슴처럼 스스로를
비우고 비우며

수행

추위를 피해 화분 몇 개
거실 안으로 옮겨 놓고 보니
며칠 후 움츠린 넓은 잎들이
스스로의 색깔로 일어나고 있다

아직 거실 밖은
영하의 기온이 오르내리는 세상에
얼었다 녹기를 반복하며
조용히 그 날을 기다리는
몇 분(盆)은 묵언중인데

아무도 모르게
밖의 일들을 온몸으로 받아들이며
빛나는 눈빛으로
피안의 꽃대를
밀어 올리는 야무진 잎들

몇 년째 꽃 피우지 못한
세월을 돌아보며
고요히 사색 중이다

칡꽃

내연산 골짜기 비탈길 옆
흙먼지 쓸쓸히 뒤집어 쓴
보랏빛 내 유년의 꿈
묵정 밭둑에서 손을 흔든다

밤이면 하늘이 산을 타고 내려와
골짝마을 산새와 어우러져 놀던 별들
산언저리 어디선가
아직도 깜박이고
꽃내음은 추억에 발을 담근다

이제나저제나 하다 찾아간 그곳
낮달은 두 눈에 다시 떠서
그리움을 부르고
얽히고설킨 넝쿨따라
피어난 작은 꽃 속에
나도 섞이어
유년의 꽃 이야기를 함께 나눈다

뱃고동

찬란한 새벽의 기침소리
조용한 마을을 깨우며
하얀 물기둥으로 일어서고

어둠의 빗장을 푸는 손등엔
핏줄 돋은 푸른 길 열리고
햇살은 만선으로 펄럭인다

때로는
끝없이 출렁이며 다가오는
세상의 비린내
울컥울컥 쏟아낼 때
바람도 깃발을 타고 울기도 했지만
먹구름 지나간 먼 곳의 별들은
새날의 아침으로 달려가는
등불이 되었다

지친 몸 밖으로
하얗게 떨어져 나가는
어둠까지 보듬으며
파도소리 햇살로 뛰는
항구 밖 어디쯤에서

흔들리며 흔들리며
갈매기 떼 날개 위로
알알이 떠가는 푸른 목소리

먼 훗날에

한파 주의보 안내 문자
연거푸 들어오던 날
멀리 있는 아들에게
이불 한 채 사 보냈다

폭신한 목화솜
그 속에서 꿈을 꾸며
엄마손 잡아보던 그 날들이
참 많이도 흘러갔다

한잠자고 뜬 실눈 속의 실루엣
심지 약한 호롱불빛 아래
무명실 감아 바느질 하며
아랫목 이불 밑에 흩어진 여러발
덮어 주시던 어머니 손이셨다

글썽이는 그리움 감출 수 없어
빈 손 너머 전화기만 흐려놓고
“여기도 이불 있는데”
퉁명스런 아들 목소리 잡지 않는다

따뜻한 아랫목이 되어주고픈
끝도 모르는 짝사랑
훗날 먼 훗날에
눈물 한 방울 되어주렴

4부

겨울 연못

겨울 연못

나지막한 산을 돌아 작은 길가
석양에 산그늘 반쯤 내려앉은
연못 하나
잠시 바람은 마른 연꽃줄기를 스쳐
내 콧잔등을 부딪치며 사라져간다

말라서 처진 연잎 몇 개
수면 위에 엎드려
생멸의 깊이를 숙독하는지

말할 듯 말할 듯
무언으로 입을 닫은 그 자태는
유년의 기억 속 저 먼 곳에
점으로 떠 있는 물오리로
번져오는데

얼음 물 속을 두 발을 내리고 선
차디찬 줄기
눈보라에 살이 패고 꺾일지라도
새봄에 다시 피울 그 미소를 위해서
설법하듯 고행하듯
산그늘에 몸을 굽혀
인동의 어머니로 떨고 있다

바람결

언양 장날 방천 아래
'묘목 팝니다' 팻말 지나
옹기전 뒤에서 누군가 수런거린다
천리향 꽃나무 바람 따라
부푼 몸 안고 왔다고

고향의 흙에 뿌리 감추고
얇은 햇살에 옷깃 여미며
작은 꽃으로 사랑이 되기를 기다리며
지난겨울 문 밖에서
많이도 떨어야 했던 그녀

잠시 난전 골목 좌판 위로
서성거렸던 날들 뒤로하고
넉넉한 옹기분에 묻혀
꽃으로 죽어 뿌리를 키우며
그대의 뜰을 지키는 일
손꼽아 기다려 온 이날

바람 잦아지고
봄기운에 묻어오는
빗소리마저 가슴 조인다

먼 곳에서 달려 온 산바람
옷자락에 닿아도
온몸 흔들지 않기를

꽃물

칠월 한낮 더위
고무재댁 늙은 감나무
온몸으로 받아내고
쉼 없는 매미의 노래에 취해
감자 익는 무쇠 솥
저 혼자 뜨거웠다

평상 위로 손 놓은 살부채
그림 속 이야기는
목침 베고 누운 통천 영감
꿈속에 있고
따라 온 누렁이도 꼬리 내려
졸고 있는 눈부신 한낮
흙 마당 귀퉁이
붉게 핀 봉숭아마저
고개 숙여 말이 없었다

조심조심 꽃잎 따든 작은 손가락에
꽃물이 번져올 때
울 안의 개미조차 고요를 활보하던
그날의 안녕이
허물어진 돌담 끝에 매달려
대롱, 대롱거리고

내려다보는 마디 굵은 손끝으로
흐린 반달이 하얗게 웃어주고
곱디고운 나비들이 어디선가 날아와
동그랗게 마음을 채웠다

여정

델리 공항에서 시를 읽는다
뿌연 미세먼지 속에서
모성의 말을 찾아

세상의 길 위에서
낮은 땅은 성스럽고 아름다웠다
내가 밑줄 치며 걸어 온
저 구불구불한 길마저
사랑한다
눈물 나게 말하고 싶다

가는 사람들
오는 사람들
속절없이 돌고 도는
시계바늘 그림자에 속을지라도
성자의 눈물 같은 저 별빛 속에
가야할 곳은 멀고 길도 어둡다

어슴푸레한 공항의 불빛 뒤로
새벽의 여명
온몸으로 걸어오는데
공무한 저 바람 길을 따라
떠나야 할 나

골목에 산다

햇살 더듬고 지나간
회색 담벼락
찌르라미 잊지 않고 돌아와
어둑한 나무 문패 이름들
불러주고 있다

맨 발로 걸어왔던 길모퉁이
아직 켜지지 않은
가로등 아래 서면
그날의 시린 발
훌쩍 커버린 사철나무 잎이 되어
담을 넘어 푸르게 푸르게
내려다본다

꿋꿋이 골목을 지켜온
구멍가게 낡은 의자
숭숭한 가을바람 옷자락에
삐걱 삐걱 다리를 절다 서 있고
내 입덧을 처음 말해준
어느 하수구멍도
막힘이 없다고 웃는다

가고 온 세월들이
끝도 시작도 없이 뒤섞여
푸른 등줄기로 서로 몸을 비비며
아옹다옹
어제가 오늘처럼
오늘이 어제처럼 그렇게 산다

자정 무렵

밤을 깎는다

싹 트지 않는 밤
날 선 분노 달래어
어둠을 열면
누구와도 같이 할 수 없는
몸뚱이 꿈틀거리고 있구나

여기까지 달려 온 길
묻지 않겠다

그 달콤한 속살을 떨쳐
두터운 업연의 굴레
이제는 벗어야지
웅크린 세월만큼
네 한 몸 크게 바꿔
길도 없는 해탈의 문
열어가야지

껍질 속 나의 집 보이지 않는
화두 한 마디
풀어가는 하루는 아득도 하다

짹짹

여름 석양은 뜨거웠다
팻말도 없는 절 입구
이끼 낀 수곽 위로 물이 넘쳐흐른다
작은 새 한 마리 두리번거리다
물 한 모금
콕 찍어 먹고 어디론가 달아난다

한 손으로 뜬 물에 입맞춤하다
나도 산사로 달아나 볼까
두리번거린다

이끼 안은 물
쉼 없이 흐르고 흘러내린다
그 물 속에 하늘이 없다
구름이 있고 달이 있는 하늘 보이지 않고
땀 흘려 걸어온 길 돌아본다

일렁거리는 마음 한 자락
흘려보내지 못하고
집으로 왔다
베란다 난간 끝에 작은 새 한 마리 짹짹!
하늘에 있었다

가운을 입은 눈

입원실 창안에서 보는
눈발은 아름답다
삶의 약속들이 휘휘 날리며
사라져 가는 모습들이다

하얀 가운 입은 사람
날 찾아와 등을 토닥여 주고
돌아가는 뒷모습이 아름답다

시계를 풀고
맥박소리 가만가만 듣고 있는
창백한 손등
그 위로 쌓여지는
침묵의 눈발들

우리가 왔던 길이나
걸어가야 할 저 길들
창밖의 흰 옷자락으로 날려
닿을 수 없는 가벼움으로
사라져 가는 밤
눈꽃 같은 그 이름들
별이 되어 언제 오려나

갱년기

한낮 더위 피하려 강변 대숲으로 들어간다
숲 속에는 연어가 돌아간 강물소리도 와있고
많은 날 참아야 했던 매미소리도 와있었다
나는 흘리지도 않은 땀을 식히며
연인들이 손잡고 지나간 발자국 따라 걸어본다

굽어진 길 따라 현기증에 길이 비틀거린다
샛길은 보이지 않고
간간이 자전거 바퀴소리 들린다

어디서 왔는지 바람 웅성거리며
댓잎 흔들어 팔짱을 끼자하고
깊숙한 숲속 벤치에는
한 줄기 햇살까지 들어와 앉으라 한다

나는 고개를 숙여 불거져 나온 대 뿌리를
힘겹게 넘어간다

길가에 늦게 나온 죽순의 감춘 웃음에
천천히 천천히
숲 밖으로 나가고 있다

본다는 것

돌아감이 가까워진
병동은 고요하다
핏기 없는 그대 손을
슬며시 잡아본다

일면식을 튼 지 몇 주 흘러
알아본다

창문 너머 능소화 벽을 타고 줄기 따라
활짝 피었음을 본다

작은 바람에 얇은 옷깃을 여미는 그대를
햇살이 슬쩍 훔쳐보고 있음을 본다

그대 머리맡에
고딕체로 쓴 "기적"이라는
책 표지를 본다

이 순간 살아있음이 기적이라는
내 마음을 들여다본다

내 눈이 그림자를 볼 수 있도록
밝아지고 싶다고 원을 세워본다

창덕궁 후원에서 비를 만나다

여름 더위도 끝나갈 무렵
촘촘한 일상을 빠져나와 일 없는
빈 왕궁을 찾았다
많은 사람들 높은 문턱에서 땀 흘리며
기웃거리고 있는데
내 발걸음
높은 처마 그림자 비켜 샛길로 들어선다

우거진 나뭇잎 사이 길은 한적하고
그늘이 짙다
딱따구리 청설모 하던 일 쉼 없고
물소리 바람소리 그대로 살아 있는데
굵은 나무 말없이 길 옆에 서 있고
보이지 않는 하늘만 우르렁거린다

쏟아지는 빗물이 새롭다

정자 난간에 걸터앉아 비를 피하니
도포자락 따라와 말없이 옆에 앉는다
가고 옴의 덫
뉘가 놓았던가
동쪽 구름 서쪽으로 비켜가고
더운 바람 간곳없이 흩어졌는데
또 다른 계절이 문 앞에 와 있다

흘린 땀 묻어간 빗소리
수백 년 커 온 뽕나무 잎에서
온몸 적시며 서성이면서

맨발

내가 가는 길 어디쯤에서
보드가야*를 만났다

진흙을 헤집고 물을 가르며
올라온 해맑은 연꽃
작은 손 받쳐 들고 따라온 아이
나를 붙잡는다

오늘 하루 먹어야 내일 또
꽃을 판다
누구를 위한 꽃인가
그이가 맨발이고 내가 맨발이다

아이의 하얀 이빨
꽃 속에서 빛나는데
떨어지는 눈물
죽음 그 너머
꽃길에
혼자 서 있다

---

* 보드가야 : 부처님 정각지가 있는 인도 지역의 한 곳

해설

시간의 길 위에 피워낸 순박한 서정의 꽃

이충호(시인, 소설가)

| 해설 |

시간의 길 위에 피워낸 순박한 서정의 꽃

이충호(시인,소설가)

1.

우리가 시를 말할 때 흔히 산문과 구별되는 특징으로써 함축과 상징을 내세운다. 맞는 말이다. 그러나 그 특징만으로 시를 말할 수 있는 것은 아니다. 시가 되느냐 않느냐는 것은 수많은 측면에서 말할 수 있다. 우리 현대시의 특징은 시적 자율성을 강조하는 서구의 모더니즘과 표층이나 구체성을 강조하는 포스트모더니즘의 영향이 혼재되어 발달되어 왔다고 해도 무방할 것이다.

20세기 영미시가 사회와 역사에 대한 진지한 고민, 현대

문명에 대한 비판이나 자의식과 고립의 문제를 탐구하는 의미를 중시한 반면에, 프랑스의 상징주의적 시는 인간의 현실이 내면에 끼친 감각적 인상을 선험적인 순수 이성과 미묘한 직관으로 투시해 존재의 상징적 의미를 통감각적 예술미로 환기하고자 했다. 상징주의적 영향은 즉물적인 이미지나 기교적인 것이 강조되었던 측면이 있었다. 가스똥 바슐라르의 '물과 꿈'과 같은 즉물적인 몽환의 시학이 우리 시에 끼친 영향도 가볍게 생각할 수 없다. 이러한 시론이 혼재된 가운데 70~80년의 민주화라는 시대적인 기류에 편승하여 시의 정형은 상당히 해체되고 마치 시위현상의 구호처럼 도구화되어 나타나는 현상을 가지게 되었다. 참여문학이란 말이 나오고 시대의 현상을 다루지 않은 시는 마치 진부한 구시대의 것쯤으로 치부하던 시절도 있었던 것이 사실이다.

그러나 시는 감동적이어야 한다. 모든 문학이 추구하는 궁극적인 목적은 감동이다. 그 감동은 어디에서 연유되는가라는 질문 앞에서 우리는 그것이 인간 삶의 진실, 인간 삶의 본질적인 정서에 얼마나 접근하느냐에 있다고 할 수 있다. 좋은 시의 기준은 거기에 있다. 아무리 시적 기교가 뛰어나다 하더라도 그것이 인간이 안고 있는 본질적인 정서를 대변하지 못한다면 무의미하다고 하지 않을 수 없다.

김정희 시인의 시를 읽으면서 느꼈던 점은 바로 시의 서정과 감동이다. 마치 시인의 심성을 그대로 보여주는 것 같은 시들의 순수성에 주목하지 않을 수 없었다. 그것이 한두 편에 그치는 것이 아니라 거의 전편에 걸쳐서 이어지고 있다.

메아리도 잠을 자는 골짜기
세월을 온몸으로 털어내는
굴참나무 바라보니
내 찾아야 할 가슴에 말은
길을 잃는다

나는 보았다
쭉쭉 뻗어 키워 온 사랑
푸른 하늘 가슴에 안고
겹겹이 쌓인 세월의 아픔도
한낱 욕망이었음을

굴뚝을 타고 도는 연갈색 연기는
물결무늬를 그리며
숯으로 익어가는 그대의 삶을 위하여
춤을 추는데
묵언의 회한 같은 세월을 안고
너는 심홍의 꽃으로
뜨겁게 뜨겁게 죽는다

오늘
얼룩진 눈가의 주름살 곁에
그대의 올곧은 사랑만이
하얗게 하얗게
온몸으로 피워낼 참 숯덩이로
익어가고 있다

–「숯가마에서」 전문

이 시의 핵심은 "묵언의 회한 같은 세월을 안고 / 너는 심홍의 꽃으로 / 뜨겁게 뜨겁게 죽는다"는 구절이다. 시인의 눈은 사물의 이면에 감추어진 본질적 의미를 이렇게 꿰뚫어 보고 있다. 익어가는 숯을 통해 생의 의미를 찾아내는 심미안이 느껴진다. 본질적인 의미란 것은 존재론적인 것이고 인생론적인 것이다. 시에서 만물은 인간으로 통한다. 그렇다면 숯의 생이 갖는 의미는 무엇이고 자신의 몸을 태우는 희생은 누구를 위한 것인가라는 질문 앞에 서게 된다. 그 질문과 답을 어떻게 전달하느냐 것이 시가 갖는 기능이다. 이 시는 삶에 열중하는 것이 뜨겁게 죽는다는 말로 귀결된다. 숯이 갖는 시간의 절정, 그 절정의 순간이 바로 뜨겁게 죽어가는 순간과 다르지 않다. 다시 말하면 뜨겁게 사는 것이 뜨겁게 죽는 것이란 삶에 대한 의미를 반추하게 하는 사유가 돋보인다.

2.

떨어지는 것이
어디
물 뿐이랴

세월에 묻혔던
빛나는 꿈 조각의
파편들
그 속에 떨어지고 있다

유월의 햇살 같은 우리들의
약속
무지개로 뜬 현기증마저
무너져 내리고
잠시 오색물살은 저 혼자 별이 된다

떨어지는 것이
어디

–「파래소 폭포」 전문

이 시는 물에 대한 공감각적 상상력이 뛰어난 시다. 물은 존재의 한 모습이다. 떨어지는 것은 물이 아니라 소멸해 가는 시간이며 꿈꾸어왔던 시간의 파편들이다. 그 낙차를 알 수 없는 아득한 허공을 하강하여 묻히는 물의 심연은 존재의 실체를 변모시키는 또 하나의 운명이며, 깊은 수심 속에 곤두박질치면서도 그 깊이를 알 수 없는 것이 존재의 카오스다. 이렇듯 시인의 사물 인식은 시간과 존재라는 고리로 연결되어 있다.

「꽃잎, 어디로 가고」란 시에서 나타나는 시간의 인식은 더 구체적이다. "출렁거리던 축제의 날 지나고 / 길 위로 흐르던 발자국들 / 하나 둘 지워져가는 해거름 / …… / 굽은 길 흔들리며 어디로 가고 있다"란 구절에서 시간의 유한성, 존재의 유한성이 길이란 말로 나타나고 있다. 시인이 회상하는 시간과 길은 결국 시간의 소멸이라는 길의 의미로 귀결된다.

골목 흙벽에 그림자 새기며 손가락 걸던
까까머리 어린 동무들의 웃음소리가
낡은 전봇대 끝 어디선가
윙– 윙 바람소리로 들린다

장작을 패던 아버지 팔뚝으로
첫눈이 녹아나면
처마 밑 메주덩이 천천히 익어가던
그 날들이
낙숫물 자국처럼 줄서서 모여 있는데

길은 길을 만나서 이제나 저제나
먼 산을 돌아
앙증한 젖니 같은 내 어린날도
유월의 키 작은 망초꽃으로 피어
세월을 돌아보며 하얗게 웃고 있네

–「망초꽃 웃음」 부분

시인이 살던 고향마을 골목길과 그 길을 돌아가면 정겨운 동작으로 여유롭게 장작을 패고 있던 아버지의 모습이 환하게 그려지는 시다. 어린 시절에 대한 기억과 그리움이, 그리고 지나온 길에 대한 회상이 진하게 깔려 있다. 언어가 살벌한 이 시대에 이런 시도 있구나 하는 느낌이 들 정도로, 유순한 언어와 순박한 심정이 어우러져 보여주는 시적 미학이 가볍지 않은 시다. “젖니 같은 내 어린날도 / 유월의 키 작은 망초꽃으로 피어 / 세월을 돌아보며 하얗게 웃고 있"는 그 꽃은 현실의 꽃인 동시에 먼 세월을 건너온 어린 날의 꽃이다. 과거의 시간과 현재의 시간이 겹쳐지는 이미지의 접점에 시인은 꽃처럼 서 있다. 꽃은 존재의 가장 화려한 순간이며 환희의 절정이다. 그 절정의 순간에 선 꽃도 존재에 주어지는 시간의 운명 앞에 서 있는 것에 지나지 않는다. 시간이 그렇게 사라졌듯 지금의 이 시간도 저 먼 길을 돌아 무심하게 흘러가 버리게 될 그 운명까지도 시인의 눈은 서늘하게 읽어내고 있다. 산다는 것은 길이란 생각에 순박한 심성이 더해져서 아름답게 느껴지는 시다.

사랑한다는 그 언약들이
물살에 섞여 쉬엄쉬엄 방천 너머로
휘어질 때도
물은 의연한 자세로 속살을 숨기며
안으로 안으로 소리를 죽여
그저 말없이 흘러만 갔다

흐르는 시간 안에서
뜨거운 햇살 껴안고
찬바람 막고 또 막으며
피워낸 꽃의 웃음들

그리움은 언제나 물결과 같이
애절함에 젖어서
흘러가는 그 얼굴들

-「강, 떠나가는 얼굴」 부분

흐른 것에 대한 이미지가 잘 그려지고 있다. 흘러가는 것은 시간이며 그것이 삶으로 상징된다. 어떤 역경 속에서도, 어떤 아름다운 현상 앞에서도 강물은 그렇게 흘러가야 하는 것이고, 그것이 물의 삶이다. 비약과 추락을, 삶과 죽음을 늘 수평의 질서에서 찾으며 생존하는 것이 물이다. 강물은 곧 시간이다. 흘러가는 것은 시간이고 자신의 얼굴이다. 흘러가는 시간의 부침 속에서도 인내로 웃음의 꽃을 피워내어야 하는 것이 또 하나의 삶의 자세이다. 그러나 한 때 애절했던 것조차도 흘러 보낼 수밖에 없는 것이 흘러가는 시간과 물의 숙명이다. 시인에게 강은 자신의 시간이며, 그 시간의 아쉬움이다.

「밤비로 오는 그대」「박꽃」「과수원」「봄날에」「어느 봄날」 같은 시는 서정이 순수하고 그 언어 하나하나가 정갈하다. 마치 동심의 세계를 연상케 하는 시적 분위기가 순수하기까지 하다. 시인은 가지산, 간월산, 신불산으로 이어지는 영남 알프스 천혜의 절경이 어우러진 아름다운 시골마을

신화리에서 태어나서 학교를 다니고 젊은 날의 대부분을 그곳에서 보냈다. 그래서 그런지 마음속엔 자연을 바라보는 아름다운 눈이 자리 잡고 있는 것 같다. 시인이 바라보는 자연물 하나하나엔 추억과 그리움이 수묵화처럼 아련히 젖어 있다.

3.

양팔 가득 새참 주전자 들고
더듬더듬 가다보면
아버지보다 먼저 보이던 자국 자국들
논두렁 한쪽 가지런히 놓여있던
허기진 아버지의 웃음들

그날 노을에 실려 떠나가신 저 산길 너머
철렁철렁 내 유년의 바람을 타고
영산홍 한 송이로 피어나는
당신의 논길

시린 발로 걸어가면
이른 저녁 어스름 기억 속에
아직도 산모롱이 돌아

삐죽이 고개를 내미는 아버지
아버지, 그리운 얼굴

―「하얀 고무신」 부분

아버지에 대한 추억이 진하게 노정된 글이다. 평생 농부였던 아버지의 길이 논둑길과 겹쳐진다. 오직 땅의 정직함을, 땅의 생명성과 땅의 순수함에 평생을 바쳤던 아버지의 이름은 오직 농부였고, 운명처럼 껴안고 살다간 길은 논길이다. 시인이 아버지를 기억하는 시간은 늘 발이 시리고 논골 사이에서 들리는 것은 허기진 웃음이다. 허기진 상태에서 웃을 수 있는 마음의 넉넉함과 익고 익어서 고개를 숙이고 끝내는 자신의 삶의 전부를 아낌없이 내어주는 벼알과 같은 헌신의 상징이 바로 아버지다. 때로는 온종일 무논을 혼자 헤매고, 혼자 세상을 떠나가신 아버지에 대한 기억은 세월이 지나도 아직 어스름 고향의 산모롱이에 살아 있다.

지난날의 우리의 아버지들이 다 그러했듯 땅이 생명이고 종교였던 아버지의 모습이 큰 산처럼 그려지는 것은 아버지의 그 묵묵함 때문일 것이다. 이러한 아버지에 대한 기억은 「징」 「몸짓」 「벌초」 「묘제」로 이어진다.

경주 문화 엑스포장
큰 마당 한 가운데
밀양 백중놀이 한바탕 벌어지고
그 속에 아버지 징을 치며
빙빙 돌고 있었다

머리에 흰 수건 질끈 동여매고
삼베 등지기 걸친 아버지는
잎담배 반 봉지 털어 넣은 주머니 차고
짚신 발 겅중겅중 신명도 났다

……

그 날 경주에서 울산까지 달리는 차창 밖으로
어둠 속에 스쳐가던 허연 옷자락
이승의 마지막 인사를 풍년가에 담아두고
다 가고 없는 빈 마당 한쪽
징징 가슴 울리며 심금을 쏟아놓던
아버지 아버지
아- 그 징소리

—「징」 부분

경주 문화엑스포장 밀양 백중놀이에서 징을 치는 모습에 아버지의 모습이 겹쳐지면서 쓴 시다. 농촌에는 논매기가 끝나고 망혼제가 끝나면 마을사람들이 모여 징을 울리고 꽹과리를 치면서 동네를 한 바퀴 돌던 풍습이 있었다. 그때마다 징을 울리며 신나게 마을을 돌던 아버지의 모습이 그려지고, 그 모습이 길고 긴 귀가 길의 차장에 따라오는 내용이다. 아버지를 기억하는 방식이 이렇게 리얼하고 애절할 수가 없다. 하나의 허식도 가미되지 않고 렌즈에 담기는 피사체를 보고 있는 것 같다. 그러나 그 렌즈는 순수한 마음의 렌즈다. 굴절되기 쉬운 마음에 어떤 동요도 없이 피사체가 담겨 오는 것을 보고 있는 것 같은 느낌이 든다.

뭇별이 뜨고 지던 그 자리에
오늘처럼 수북이 눈이 쌓이면
이방의 먼 길을 돌아
휘적휘적 걸어오시던 아버지
기억의 바람 속에 서 있다

새떼처럼 흔들리며
바람처럼 출렁이며
햇살 가득한 빈 둥지 위에

–「몸짓」 부분

앙상한 가지 사이에 새들이 떠나버린 둥지를 보며 겹쳐지는 아버지의 모습이다. 늘그막에 아버지가 살던 집은 새들이 떠나버린 둥지처럼 쓸쓸하고 삭막했다. 찬바람이 몰아치는 허공에서 흔들리는 그 삭막한 둥지는 삶의 종국에 남는 허무한 모습이다. 텅 빈 둥지가 외로운 아버지의 처소로 환치되는 방식이나 은유의 수단이 자연스럽게 느껴진다. 늘 저 만큼 외로운 길을 걸어오시던 아버지, 아버지의 삶은 그렇게 외로운 길이었다.

이 땅에 아버지만큼 무거운 짐을 지고 살다 간 분이 있을까. 이 세상에 아버지만큼 가슴의 울이 되어 번민하며 밤을 새운 사람이 있을까. 그것은 단지 시인의 아버지가 아니라 만인의 아버지로 상징되는 아버지다. 다만 서 있는 자리가 다를 뿐 아버지의 모습은 똑 같다. 우리들의 눈에 아버지는 늘 왜소하고 미약한 풀잎 같은 모습이지만 아버지만큼 위대한 거인은 없다. 아버지만큼 담대한 용기를 가진 사람도 없고, 한없는 자기희생과 헌신의 의인은 없다. 그러나 아버지는 늘 외로운 거인이고 소리 없는 희생자였다. 시인이 보고 있는 아버지는 바로 그런 아버지다. 언제나 낮게 엎드린 왜소한 아버지다. 그래서 시인이 보여주는 아버지의 기억은 시인의 깊은 마음에서 침윤되는 눈물같이 순수한 모습이다.

아버지 떠나시고
오늘 철 지난 아버지 무덤가에서
한철 무성히 자란 잡풀을 베면서
인연의 시든 풀들도 걷어냅니다

퍼렇게 물든 손가락
그 사이로 떨어지는 땀방울 방울
아직 내 곁에 머물고 있는
묵묵한 아버지의 온기
바람도 비켜갑니다

한 잎 두 잎 풀들이 쓰러지고
내 마음의 잡풀도 쓰러지면
어느새 또 들려옵니다
얘야, 무디어진 낫으로는 조심해야지
인연의 뿌리 다치지 않게
하시던 말씀

—「벌초」 부분

시인이 아버지를 그리는 마음이 이렇게 한결같고 애절하다. 아버지의 무덤에 풀을 베는 순간은 '인연의 시든 풀들을 걷어'내는 시간이고, 생전에 '묵묵한 아버지의 온기'마저 느끼는 시간이다. 무성한 풀들을 베어내고 마음속에 잡풀도 베어내면 들려오는 아버지의 목소리를 듣는 시인의 마음은 경건하다. 풀을 베는 순간은 이승과 저승 사이에 끊긴 시간을 건너 아버지를 불러볼 수 있는 시간이고 끊긴 인연을 다시 확인하는 경배의 순간이다.

4.

이 감추고 웃으시는 어머니
언제나 숨어서 향기를 보내는
단아한 모습

마주치지 않는 눈길에도
고개 숙이고
언 땅 속에서 찬 몸 뒤척여
달밤에 머리 빗으시고
조용히 문을 여는 그 얼굴

달빛도 다가서지 못할 그 자태

가시덤불 밑에서도

폭풍의 안개 속에서도
몸을 낮추어 소리 감추어 온
곱고 흰 어머니
인내의 그 속살

–「난초꽃」 전문

'난초꽃'에 피어 있는 어머니의 기억은 젖은 논길과 어스름 저녁 산모롱이에 머물러 있는 아버지의 기억과 완벽한 조화다. "가시덤불 밑에서도 / 폭풍의 안개 속에서도 / 몸을 낮추어 소리 감추어 온" 어머니의 삶은 어느덧 저녁햇살로 기울어 있다. 삶의 가시덤불 속에서 온몸에 상처를 입으며 살아온 어머니의 시간에 대한 애처로움과 안타까움이 시심의 중심에 머물러 있음을 보게 된다. '난초꽃'으로 나타난 어머니의 모습은 다소곳하면서 단아하다. 그러나 그 단아함에 감추어진 어머니의 삶은 인내로 상징된다. 그 인고의 시간이 저녁햇살로 서쪽에 기울어 있는 것을 보는 시인의 안타까운 마음이 시의 행간에 진하게 투영되고 있다. '난초꽃'에 어머니의 모습은 「골무」「어찌 할까요」「꽃가루」「새 한 마리」「약수터로 오르며」로 이어진다.

한 때 아픈 손가락이었던 하나 딸
색깔 곱게 골무 만들어 내 놓던 어머니
만져본다 바늘 귀 닿는 곳
무명실 뱅뱅 감아 야물게도 기웠네요
어떤 어려움도 이겨내라 이겨내라
힘줄 돋아 있네요

하루 해 다 하도록 속울음 삼키며
한 땀 한 땀 바늘 찔렸을 어머니

오늘에야 더듬더듬 상처 아문 이 자리
가만가만 만져보는 손
어느덧 햇살은 기울어 창밖에 머문다

–「골무」 부분

어머니의 고통과 인내를 가장 상징적으로 나타내 주는 시가 '골무'다. "하루 해 다 하도록 속울음 삼키며 / 한 땀 한 땀 바늘 찔렸을 어머니"의 세월을 돌아보는 시인의 눈은 깊고 그윽하다. 지난날 어머니의 가장 힘든 노동이었고 운명이었던 한 땀 한 땀의 바느질은 가족을 위한 인내와 사랑의 또 다른 말이다. 시간을 이기며, 찔리고 피 흘리면서도 울음을 안으로 삼키며 삶의 고통에 첨병처럼 외롭게 맞섰던 골무의 거룩함, 그리고 삶의 어떤 어려움도 골무처럼 당당히 이겨내라는 어머니의 엄숙한 메시지를 시인은 잘 읽어내고 있다. 시인에게 있어서 골무는 곧 어머니다. 골무의 피 흘림과 희생은 바로 어머니의 피 흘림이고 희생이다. 그래서 그것은 삶의 나침판과 같은 내면의 교과서가 되어 시인에게 길을 가르쳐 주고 있다.

어머니 계셨던 빈집 뜰
가시 많은 엄나무 아래
복수초 노오란 꽃 예쁘게도 피어있다
아직 녹지 않은 잔설 털어내는
잎사귀의 푸른 몸짓에
나직이 불러본다
엄– 마–

다들 어디론가 하나 둘 떠나고
혼자서 흔들리는 여린 가지
어디서 구해 심었을까

우리가 꽃이었던 때도 있었던가
가시달린 엄나무가 엄니였던가

아직 새순은 꿈적도 않는데
쌉싸름한 그 맛
입안에서 자꾸 엄니 말로 들려온다

아 바람도 그랬을까,
다 알고 있다는 듯 이름 모를 새 한 마리
빈 빨랫줄에 앉았다 날아간다
후-

—「새 한 마리」 전문

어머니가 없는 공간은 이렇게 텅 비어 있다. 어떤 것으로도 대체할 수 없는 빈자리가 바로 어머니가 없는 자리다. 애써 키운 자식들이 하나 둘씩 떠나간 자리에 꽃모종을 심으며 자식들에 대한 그리움과 외로움을 꽃으로 피어냈을 어머니의 모습이 선명하게 그려지는 시다. 어머니의 그리움과 외로움을 불어가는 바람이나 잠시 빨랫줄에 안았다 날아가는 새들도 알고 있었으리란 것은 바로 바람이나 새가 시인의 마음과 다르지 않다는 말이다. 바람과 새는 시인의 대변자이다. 시인의 애절한 사모의 정은 "약수같이 다디단 / 어머니 가슴 / 그 깊은 곳은 이렇게 / 산으로 둘러 싸였습니다"로 요약되는 「약수터로 오르며」에서도 그대로 드러난다.

5.

시인은 독실한 불교신자다. 수많은 사찰과 성지를 순례하고 봉사를 하며 불덕을 쌓아 믿음이 깊고, 교리에 대해서도 많은 것을 알고 있는 사람이다. 그래서 그런지 시인이 사물을 바라보는 생각엔 불교적인 철학이 깔려 있다. 어머니를 생각하는 깊은 마음과 불교적인 윤회론적인 생각이 합쳐져서 나타나는 시가 「아무도 모른다」이다. "풀에 얽혀 파르르 날개를 떨"다가 "다리 하나 떼어놓고 절뚝절뚝 날아간" 방아깨비가 바로 어머니의 화신이다. "몇 생을 걸어 돌아돌아 왔는지 / 풀잎만 흔들"리는 걸음걸이는 바로 방아깨비의 걸음이고 어머니의 걸음이다. 둘이면서 한 몸으로 나타나는 일심동체다. 놀라운 인식이다. 살아있는 어머니 곁에서 방아깨비를 통해 어머니의 환생을 보는 듯한 즉물적인 환상이 돋보이는 작품이다.

먼 길 걸어와 참석한
설악산 봉정암 저녁예불
삐죽이 열린 법당 문 위로

열하루 상현달 오롯이 걸려있다

부처님 상호(相好)도 없고
스님의 염불소리도 없고
좌정한 건
내 몸뚱인가 마음인가
무겁게 법당 문 위로 함께 걸려
오도가도 못하고
오월의 바람소리만 끙끙
소리를 낸다

걸어 온 몸
걸어가는 몸
문 밖의 달
문 안의 달

하나인 듯 둘인 듯
달빛의 법문이 되어
마음에 죽비를 친다

–「저녁 예불」 전문

이 시에서도 마음과 육신, 그리고 바람이 서로 다르면서 같은 것으로 그려진다. 내가 달이고 달이 나다. 나와 달은 둘이면서 하나이다. 무아의 경지, 초월의 경지에서 가질 수 있는 마음과 통하게 된다.

부처님은 세 가지 몸, 즉 삼신(三身)을 갖고 있다고 한다. 화신(化身), 보신(報身), 법신(法身)이라고 한다. 화신은 중생이 착한 일을 할 때 나타내는 것이며, 보신은 중생이 지혜를 얻을 때 나타나며, 법신은 궁극을 깨달을 때 현신하게 된다고 한다. 그러나 실제로 부처는 세 가지 몸이 아니라 단 한 가지도 갖고 있지 않다고 한다. 인간의 마음에서 우러나오는 지혜가 곧 성현의 지혜이며 우리가 보는 모든 모양을 모양 아닌것으로 보면, 여래를 보는 것이라고 했다.

불법의 깊은 뜻이 없이 생각하는 무아의 경지란 겉치레이거나 말의 유희에 지나지 않을 것이다. 이렇게 불법의 색체가 깊이 스며있는 시들이 많다는 것은 시인의 불교적 인식과 깨달음의 깊이를 짐작해 볼 수 있게 하는 것이다.

마른 콩깍지
서방정토가 여기라고
입 다물고 있는데
콩 없는 빈 콩밭에
까투리 한 마리 쓸쓸히 걸어가며
금강경 한 구절을

콩알 속에 쪼아낸다

–「법화사 다녀오는 길」 부분

시인의 불심은 이 시에서도 그대로 드러난다. 서방정토란 부처의 세계다. 인간이 사는 세계로부터 서방으로 십만억 불국토를 지난 곳에 실재하고 있다는 깨끗하고 번뇌로부터 떠나 있는 부처의 세계가 바로 정토이다. 이 시는 콩 없는 빈 콩밭의 "마른 콩깍지"를 "서방정토"로 보고 있다. 가장 빈곤한 곳, 가장 낮고 누추한 공간이라도 깨달음이 있으면 그곳이 바로 정토란 뜻으로 받아들여진다. 시인의 눈에서 불교적 인식과 깨달음의 깊이를 느낄 수 있게 해주는 또 다른 대목이다. 「그곳에 가면」은 인연론적인 인식이, 「천불동 사랑」은 화엄의 세계관이 드러나는 시다.

시원을 알 수 없는
비경의 비탈을 따라
오르락내리락 걸어온 산등 아래
붉은 단풍 한 자락 펼쳐지니
여린 가슴 꺼내어 천불(千佛)의 집을 짓고
화엄경 한 구절 산자락에 펼쳐든다

찰나인지 억겁인지 알 수 없는 시간 속에
발아래 구름들은
스스로 물이 되어
하늘을 담고 돌을 적시며
무변의 길을 따라
아래로 아래로 흘러만 간다.

-「천불동 사랑」 부분

화엄(華嚴)은 여러 가지 수행을 하고 만덕(萬德)을 쌓아 덕과(德果)를 장엄하게 하는 일이다. 만행이 꽃으로 피어서 세상을 장엄하게 한다. 그 꽃은 이 세상에 생명으로 나타나는 진리의 꽃이다.

모든 현상의 본체는 동일하다. 본체와 현상은 둘이 아니라 하나이고, 걸림 없이 서로 의존하고 있어서 마치 물이 곧 물결이고, 물결이 곧 물이어서 서로 걸림 없이 융합하는 것과 같다는 것이 화엄의 무궁무진한 법계연기(法界緣起)설이다. "붉은 단풍 한 자락"에 "여린 가슴 꺼내어 천불(千佛)의 집을 짓고" 화엄의 세계를 읽어내고 있는 시인의 불교적 인식이 잘 드러나고 있다. 시인의 눈에는 새들의 지저귐도 독경소리고 "맨발로 먼 길 흘러왔"다 흘러가는 강물이 "순례객"이다.

시인의 이러한 생각은 「나무의 기도」 나 「수행」에서 보다 구체화되어 나타난다. 비 내리는 혹한 속에서도 그 "어둡고 긴 그 밤도 / 천금처럼 껴안으며 / 언 강을 건너 다시 올 그 시간을 / 기다"리는 것이 기도하는 나무의 모습이다.

이러한 생각는 「수행」이란 시에서도 그대로 드러난다. "아무도 모르게 / 밖의 일들을 온몸으로 받아들이며 / 빛나는 눈빛으로 / 피안의 꽃대를 / 밀어 올리는 야무진 잎들"로 요약되는 이 시는 추위를 피해 거실에 옮긴 화분의 식물에서 수행자를 떠올리는 시다. 사물을 읽어내는 눈이 불교적이면서도 몽환적이다.

6.

일상 속에서 느끼고 생각하는 시들도 길과 존재에 대한 생각이 얽혀 있다. 살아가는 의미, 나이가 들어간다는 것에 대한 조용한 사색과 성찰이 깔려 있는 시들이 바로 「맨발」 「겨울 연못」 「여정」 「골목에 산다」 「자정 무렵」 「갱년기」 「창덕궁 후원에서 비를 만나다」와 같은 시들이다.

델리 공항에서 시를 읽는다
뿌연 미세먼지 속에서

모성의 말을 찾아

세상의 길 위에서
낮은 땅은 성스럽고 아름다웠다
내가 밑줄 치며 걸어 온
저 구불구불한 길마저
사랑한다
눈물 나게 말하고 싶다

가는 사람들
오는 사람들
속절없이 돌고 도는
시계바늘 그림자에 속을지라도
성자의 눈물 같은 저 별빛 속에
가야할 곳은 멀고 길도 어둡다

어슴푸레한 공항의 불빛 뒤로
새벽의 여명
온몸으로 걸어오는데
공무한 저 바람 길을 따라
떠나야 할 나

–「여정」 전문

길에 대한 생각이 가장 잘 나타나 있는 시다. 길은 환상일지 모르지만 길은 진리이다. 모든 것은 길 위에 있다. 가장 성스러운 것도 결국 삶의 길 위에 있는 것이다. 그래서 시인은 "밑줄 치며 걸어 온 / 저 구불구불한 길마저 / 사랑한다"고 말하고 있는 것이다. 길을 사랑한다는 것은 삶을 대한 치열한 자세다. 지나온 시간과 가야할 시간의 길까지도 사랑한다는 말이다. 그러나 길 위 시간은 때로는 신기루 같기도 하고 속절없이 돌고 도는 시계바늘 같은 것이기도 하다. 길은 희망이지만 길은 힘겹고 두려운 것이다. 때로는 바람처럼 공무하기도 한 길, 그 길의 숙명성에 대한 인식이 잘 드러난 시다.

정자 난간에 걸터앉아 비를 피하니
도포자락 따라와 말없이 옆에 앉는다
가고 옴의 덫
뉘가 놓았던가
동쪽 구름 서쪽으로 비켜가고
더운 바람 간곳없이 흩어졌는데
또 다른 계절이 문 앞에 와 있다

흘린 땀 묻어간 빗소리
수백 년 커 온 뽕나무 잎에서

온몸 적시며 서성이면서

－「창덕궁 후원에서 비를 만나다」 부분

이렇듯 어떤 인식이나 깨달음이 있어도 다시 생각해 보면 먹먹해지는 것이 시간이다. 시간과 길에 대한 시인의 생각은 덫이란 것으로 귀결된다. 길을 따라 가고 오는 것은 결국 시간이 놓은 덫이다. 길이란 거대한 시간의 덫 속에서 바람은 불어가고 구름도 흘러가는 것이다. 한 때의 뜨거웠던 시간은 간 곳 없고 새로운 시간의 계절이 문 앞에 와 있는 것도 시간이란 것의 덫이고 수수께끼다. 길은 곧 시간이다. 삶의 본질적인 것이면서도 정체를 알 수 없는 불가해한 실체인 시간의 길에 대한 시인의 또 다른 생각을 보여주는 시다. 길이나 시간에 대한 인식은 삶의 본질에 대한 물음이고 인식이다. 그러나 그 물음은 조용하고 한없이 낮은 음성이다. 그것은 시인의 시적 자세나 삶의 자세와 다르지 않다.

김정희 시인은 성품이 유순한 사람이다. 성품이 그러하듯 시의 언어도 부드럽고 온순하다. 시인의 시 한 편 한 편은 바로 그 순수한 마음의 결정체이다. 그래서 그 언어가 난삽하지 않다. 허접스럽거나 화려하지도 않다. 속살은 없이 그럴듯한 의상으로 치장을 하고 설쳐대는 그런 시도 아니다. 화장의 기교를 걷어내고 민낯을 그대로 보여주는 순박한 시다. 그 순박함은 겸양의 순박함도, 겉모습의 순박함도 아니다. 마음 깊은 곳에서 스며 나온 조용한 미소와 같은 순박함이다.

시인의 시가 오늘날 시란 이름으로 넘쳐나는 유희성, 유니폼을 입고 설치는 것 같은 편견과 경도된 마음으로 씌어진 시들과는 근본적으로 다르다는 것을 시인의 언어는 보여준다. 고향마을을 배경으로 하는 어린 시절의 추억과 아버지와 어머니의 삶에 대한 기억, 불법에 근거한 깊은 사유, 그리고 길과 시간에 대한 진지한 물음과 인식이 시의 밑바탕에 낮게 깔려 있다. 지난 시대를 살다간 삶에 대한 회억과 이해는 곧 한 시대의 인간의 삶에 대한 이해와 성찰이며 삶의 본질에 대한 진지한 탐색과 다르지 않다. 길에 대한 낮은 자세는 깨달은 자만이 가질 수 있는 삶의 겸허한 자세다. 적지 않은 길을 걸어온 시인의 삶에 대한 성찰과 이해가 시의 근원이 되고 있다는 점에서 시인의 시가 갖는 의미가 가볍지 않게 느껴진다.

여정

김정희 지음

발 행 처 · 도서출판 청어
발 행 인 · 이영철
영　　업 · 이동호
홍　　보 · 이용희
기　　획 · 천성래
편　　집 · 방세화
디 자 인 · 이해니 | 이수빈
제작이사 · 공병한
인　　쇄 · 두리터

등　　록 · 1999년 5월 3일
(제1999-000063호)

1판 1쇄 인쇄 · 2019년 9월 20일
1판 1쇄 발행 · 2019년 9월 30일

주소 · 서울특별시 서초구 남부순환로 364길 8-15 동일빌딩 2층
대표전화 · 02-586-0477
팩시밀리 · 0303-0942-0478

홈페이지 · www.chungeobook.com
E-mail · ppi20@hanmail.net
ISBN · 979-11-5860-689-3(03810)

이 도서의 국립중앙도서관 출판시도서목록(CIP)은 서지정보유통지원시스템 홈페이지(http://seoji.nl.go.kr)와 국가자료공동목록시스템(http://www.nl.go.kr/kolisnet)에서 이용하실 수 있습니다.(CIP제어번호: CIP2019032356)

이 시집은 2019년 울산광역시 울산문화재단 예술창작발표지원사업의 일환으로 제작되었습니다.